ESSAI D'EXPLICATION

DE QUELQUES

PIERRES GNOSTIQUES

PAR

M. VINCENT

Extrait des Mémoires de la Société des Antiquaires de France

PARIS

DE L'IMPRIMERIE DE CRAPELET

RUE DE VAUGIRARD, 9

1849

ESSAI D'EXPLICATION

DE QUELQUES

PIERRES GNOSTIQUES,

PAR A.-J.-H. VINCENT.

*Extrait du XXIe volume des Mémoires de la Société des Antiquaires
de France.*

DAVUS SUM, NON OEDIPUS :

Telle est l'épigraphe qui se lit au début d'une
Lettre sur quelques monuments d'antiquités, adres-
sée par M** à M***, de l'Académie des Inscriptions
et Belles-Lettres, et imprimée à Paris chez Barrois,
en 1758, in-12. Barbier attribue cette lettre
à un nommé *Picard* (*Ch.-Adrien*); est-ce parce
que les objets dont elle a pour but de donner
l'explication, se trouvaient *en la possession de
M. Picard, ayant sa demeure à Paris, rue Saint-
Martin, près Saint-Merry,* qui avait fait très-
bon accueil à l'auteur? La conclusion serait fort
peu logique; mais peu nous importe. La seule
chose sur laquelle nous veuillons insister ici, c'est
que notre essai d'interprétation n'est point établi

sur des bases absolument nouvelles; et nous commençons par le déclarer, non pas seulement pour
en restituer l'initiative à l'auteur de la lettre anonyme qui en mérite tout l'honneur, s'il y a lieu,
mais aussi pour donner plus de poids à notre
propre opinion.

Rapportons d'abord l'explication de l'auteur :
« Je terminerai, dit-il (p. 12), ce récit de mes
observations par deux singularités... : ce sont
deux pierres dont l'une est hématite et l'autre de
jaspe d'un vert bleuâtre foncé; l'une et l'autre
sont gravées en creux des deux côtés et semblent
être des talismans égyptiens.

« La pierre hématite présente d'un côté une
figure (*planche* I, *fig.* 1) assez ressemblante à une
cucurbite. Son col est terminé par un ourlet. On
voit sortir de l'embouchure du col six baguettes
perpendiculaires et parallèles à une ligne horizontale. A la gauche de cette embouchure part de
l'ourlet une baguette dans la même direction que
les six autres, laquelle se ploie d'équerre, se reploie et sert de base aux six baguettes ; en se
prolongeant à quelque distance, elle se ploie
aussi d'équerre, pour remonter vers le corps de
la figure, et là elle se reploie en coude par un
angle opposé pour former une manivelle qui se
termine en ovale. A la droite et à la gauche de
l'embouchure, au-dessus de l'ourlet, sortent de
chaque côté deux courroies qui descendent en
serpentant perpendiculairement le long des ba-

guettes et qui se terminent en pointe. Du sommet de la partie supérieure du corps de cette figure, partent deux autres courroies à quelque distance l'une de l'autre, et descendent en serpentant le long du corps de la figure. Elles sont pareillement terminées en pointe.

« Sur le revers de cette pierre se voit gravé en deux lignes le mot grec ΟΡΩΡΙΟΥΘ[1].

« La pierre de jaspe.......... représente une pareille figure (*fig.* 2) que celle qui se voit sur la pierre hématite et qui n'en diffère que par quelques légères variations. Elle représente un corps sphérique dont le corps forme une calotte terminée par un ourlet d'un diamètre égal au diamètre transversal du corps même de la figure. Elle porte également des courroies tant à son sommet que sur les côtés du col. Mais celles qui partent du sommet s'élèvent obliquement; celles du côté du corps paraissent sortir de l'intérieur et s'étendent horizontalement; les baguettes sont du même nombre qu'à la pierre hématite. Mais la baguette qui sert de base aux six autres se ploie d'équerre à l'endroit où elle se termine en manivelle, au lieu de se ployer en coude: son bouton forme un hémisphère.

« Au-dessous de cette figure se voit gravé le mot grec ΟΡΩΡΙΟΥΘ; mais les caractères sur celle-ci

---

[1] Sur ce mot, voyez D.-J.-G. Stickel, *De gemma abraxea nondum edita;* Jena, 1848.

paraissent plus récents que sur la précédente. Un serpent rayé par anneaux et qui mord sa queue, suit le contour de cette même face de la pierre....[1]

« Cette figure ronde, ou plutôt cucurbitacée, que M. le comte de Caylus[2] donne pour un vase égyptien, me paraîtrait plus vraisemblablement *un instrument de musique*. Ce qui est aux yeux de M. le comte de Caylus une anse, paraîtrait aux miens une manivelle qui faisait mouvoir ces baguettes que je conjecture être des touches ou clavettes, et que M. le comte de Caylus considère peut-être comme de simples ornements. Nos deux figures n'offrent aux yeux que six touches; celle de M. le comte de Caylus en offre quinze ou seize... De même, ce que le célèbre académicien croit être les pieds d'un vase, n'offre dans nos figures et dans la sienne que des courroies destinées à attacher cet instrument. D'ailleurs ces courroies multipliées donnent lieu de penser que l'instrument pouvait être pesant et dur à jouer : ainsi les courroies placées à la partie supérieure de l'instrument pouvaient servir à le soutenir, en s'élevant par-dessus les épaules du joueur, pour descendre

---

[1] A ces deux figures j'en ai joint une autre toute pareille (*fig.* 3), représentant un monument du même genre que possède le cabinet des antiques de la Bibliothèque nationale ; je la donne ici d'après une très-belle empreinte que je dois à l'obligeance de M. Lenormant. Au revers se lit également le mot ΟΡΩΡΙΟΥΘ.

[2] *Recueil d'antiquités*, t. II, p. 14, n. 3 ; et pl. 2, n. 3.

Je long des reins où elles se nouaient avec deux des courroies qui sortent de la partie inférieure de l'instrument, tandis que les deux autres courroies du bas, en s'attachant sur les reins, servaient à contenir et à fixer davantage l'instrument. »

J'ai copié scrupuleusement cette longue et minutieuse description, afin de prouver que si l'interprétation donnée à la figure qui m'occupe n'était que plausible sans avoir réellement un fondement bien solide, je ne pourrais du moins être seul accusé de m'être laissé entraîner à un écart d'imagination, puisque cette interprétation s'était déjà offerte à l'esprit d'autres antiquaires. J'espère, au reste, que les divers rapprochements que j'ai entrepris de présenter ici donneront, comme je l'ai déjà dit, quelque consistance à cette conjecture [1].

D'abord, pourrait-on être surpris de voir un instrument à touches figurer sur des monuments

---

[1] Depuis que ceci est écrit, une puissante cause de doute, je ne le dissimulerai point, a failli me faire abandonner ma thèse. Un juge des plus compétents en cette matière, M. Lenormant, ayant bien voulu examiner nos deux figures et m'en faciliter la comparaison avec d'autres du même genre que possède le cabinet de la Bibliothèque nationale, pense qu'elles représentent, non pas un instrument de musique, mais un vase, pourvu d'un *epistomium* et d'une clé qu'il reconnaît là où nous avons cru voir une manivelle et des touches. Cette opinion du savant antiquaire ne laisserait même pas prise au moindre doute, s'il était évident que l'on ne puisse se refuser à identifier l'objet en question.

qui remontent aux premiers siècles de notre ère ?
Il faudrait pour cela ne pas savoir qu'une foule
d'auteurs anciens mentionnent l'orgue ; tels sont
Athénée et Vitruve qui en rapportent l'invention
à Ctésibius, Tertullien qui l'attribue à Archimède ;

avec l'espèce de bourse représentée à côté d'une clé, au
milieu de la pierre *fig.* 5 de la *planche* VI de l'*Histoire cri-
tique du gnosticisme*, de M. Matter. Mais d'autres objets qui
figurent en même temps sur cette pierre, le caducée, la
perséa, le flambeau, n'indiqueraient-ils point plutôt les attributs de Mercure psychopompe, réunis ici dans une inten-
tion funéraire dont on n'aperçoit nullement l'analogue dans
l'objet que nous avons pris pour un instrument? En outre,
la forme et la grandeur relative qu'il faudrait, dans nos
figures, attribuer à la clé, ne seraient-elles point encore
une objection au point de vue proposé par M. Lenormant,
non pas sous le rapport du nombre des dents (on en voit
tout autant dans les clés égyptiennes : voir la *Description
de l'Égypte*, Arts et métiers, *pl.* XXX, *fig.* 1-6); mais que dire
de leur grandeur démesurée ?

D'un autre côté, ne devait-il pas suffire qu'un objet, quel-
conque d'ailleurs, pût recevoir comme qualification l'épi-
thète de *pneumatique*, pour que cet objet dût être par cela
même, chez une secte où le πνεῦμα jouait un si grand rôle,
admis à figurer parmi les dogmes, et son image classée au
rang des emblèmes religieux ?

Quoi qu'il en soit, les raisons que j'allègue ici à titre de
justification, pèseront bien peu, je ne me le dissimule pas,
contre l'opinion de l'illustre Conservateur du cabinet des antiques. Aussi me serais-je empressé de retirer mon mémoire,
comme je l'ai déjà dit, si je n'avais pensé que les détails re-
latifs à l'histoire de l'orgue, dans lesquels il m'a fourni l'occasion d'entrer, pourraient offrir quelque intérêt indépen-
damment de l'objet principal auquel ils se rattachent.

tels sont encore Claudien, Cassiodore, Porphyre-Optatien. Il faudrait en outre ignorer que plusieurs médailles de la classe des *contorniates*, notamment aux types de Néron, de Trajan, de Caracalla, de Valentinien III, présentent la figure d'un orgue hydraulique parfaitement caractérisé. Je donnerai ici la représentation de plusieurs de ces médailles que possède le cabinet des antiques de la Bibliothèque nationale, avec une description que je dois à l'obligeance de notre savant confrère M. Duchalais, renvoyant d'ailleurs, pour plus de détails, à l'ouvrage d'Havercamp, intitulé : *Dissertationes de Alexandri Magni numismate quo quatuor summa orbis terrarum imperia continentur, ut et de nummis contorniatis*, Lugd. Batav., 1722, in-4°. Les revers de ces médailles (toutes en bronze) m'étant seuls utiles, je me bornerai pour les têtes à en donner l'indication. Ce sont :

1° Un Néron : IMP. NERO. CAESAR. AVG. P. MAX. Tête de Néron, laurée, à droite.

R℣ (Voy. *fig.* 4) LAVRENTI. NIC. Dans le champ, un orgue ; à droite, des palmes ; à gauche, un personnage debout, tenant à la main un objet triangulaire, au-dessus de deux vases en forme de sceaux. (Havercamp, n. 10, p. 70.)

Æ. Diamètre : 35 millimètres.

Nous avons constaté qu'Havercamp s'est trompé en lisant LAVRENTIN. AVG. au lieu de LAVRENTI. NIC.

2° Autre médaille de Néron qui, du côté de la

face, ne diffère de la précédente que par l'addi-
tion de la contremarque Ɛ gravée en demi-relief
devant la tête de l'empereur.

℞ (Voy. *fig.* 5). Anépigraphe. Un orgue entre
deux personnages debout et se donnant la main;
celui de gauche tient à la main le même objet triangulaire déjà signalé. (Havercamp, n°s 11 et 27.)
Æ. Diamètre : 35 millimètres.

3° Un Trajan : DIVO. TRAIANO. AVGVSTO.
Buste de Trajan, lauré, à droite; ☿ en contremarque, gravé en creux devant la tête de l'empereur.

℞ Exactement semblable au revers du n. 2.
Même diamètre.

4° Autre médaille de Trajan, en tout semblable
à la précédente, excepté par la contremarque qui
est ici la même qu'au n. 2, mais gravée en creux.

5° Un Caracalla : M. AVRELIVS. ANTONINVS.
PIVS. AVG. Buste lauré de Caracalla, à droite;
la contremarque Ɛ , en argent, devant la tête de
l'empereur.

℞ Semblable aux trois précédentes.
Même grandeur.

Cette médaille ne se trouvant indiquée ni par
Eckhel, ni par Havercamp, nous croyons pouvoir
la regarder comme *inédite*.

6° Un Valentinien III : D. N. PLA. VALENTI-
NIANVS. P. F. AVG. Buste diadémé de Valentinien III, à droite; un *paludamentum* jeté sur les
épaules; grenetis au pourtour. Vis-à-vis de la figure
de l'empereur, une palme gravée en creux.

℞ (Voy. *fig.* 6). PLACEAS PETRI [1]. Dans le champ, un orgue desservi par trois personnages, dont l'un semble jouer, tandis que les autres manœuvrent les leviers qui poussent l'air dans les corps de pompe. (Havercamp. n. 56, p. 126.)

Æ. Diamètre : 55 millimètres.

7° A ces médailles j'en ajouterai, d'après les mêmes sources, une septième non moins intéressante que les premières, et qui se rattache encore plus directement à mon objet :

SALVSTIVS. AVTOR. Buste de Salluste, à droite; vis-à-vis, un rameau gravé en creux au burin.

℞ (Voy. *fig.* 7). Dans le champ, trois personnages formés en groupe; celui du milieu tient un objet qui paraît être un orgue portatif; le personnage placé derrière celui-ci tient une trompette, et le troisième, vraisemblablement une flûte double. (Havercamp. n. v, p. 150.)

Æ. Diamètre : 35 millimètres.

Outre ces médailles, je mentionnerai encore ici le monument d'Arles, du iiie ou du ive siècle, dit *Tombeau de la musicienne*, représenté dans l'ouvrage de MM. Jouffroy et Jorand intitulé *Siècles de la monarchie française*, Paris, 1823,

---

[1] Ce mot est certainement un vocatif, comme dans *Urse vincas*, *Timi vincas*, *Olympi nika*, *Pannoni nika*, et ci-dessus *Laurenti nika*; de même également ci-après *Petroni placeas*. *Petri* doit être pour *Petreii* ou *Petrei*, vocatif de *Petreius* : un artiste grec a dû écrire *Petri* pour *Petrei*.

in-fol., pl. XXXII, n. 2, sur lequel on voit aussi
la figure d'un orgue (voy. *fig.* 8).

Ensuite, je rappellerai que, sur la base de l'obé-
lisque de Théodose qui orne le champ de l'hip-
podrome ou *atméidon* de Constantinople, on
voit les figures de deux orgues, non plus seulement hydrauliques cette fois, mais bien de deux
orgues pneumatiques à soufflets, entièrement
semblables aux nôtres. Notre savant confrère,
M. Bottée de Toulmon, dans l'excellente *Dissertation sur les instruments de musique employés
au moyen âge*, dont il a enrichi nos *Mémoires*
(t. XVII), en a publié, d'après M. Ch. Texier, les
dessins jusqu'alors inédits. Voici d'ailleurs en
quels termes Gryllius (*De Constantinop. Topo-
graphia*, liv. II, ch. xi), en fait mention : « Latus
orientale (basis), dit-il, habet in parte inferiori
tres ordines : infimus continet decem et sex
personas, alias viriles, alias muliebres, saltantes,
alias organa pulsantes; supra quas eminent duo
ordines, capite tenus, puto spectatores[1]. »

Enfin, je citerai un passage, peut-être oublié,
que je lis dans l'*Harmonie universelle* du frère
Marin Mersenne, liv. VI, *Des Orgues*, p. 367 :
« Le sieur Naudé, dit-il, m'a envoyé du jardin
des Mathées, seigneurs romains, la figure d'un
petit cabinet d'orgues dont les soufflets sont sem-

---

[1] Voy. encore Ducange, *Constantinop. chronic.*, liv. II,
chap. x, p. 205; les notes du même sur l'*Alexiade ;* enfin
les *Voyages* de Spon, t. I, p. 252.

blables à ceux qui servent à allumer le feu, et sont levés par un homme qui est derrière le cabinet; et le clavier est touché par une femme. L'inscription qui suit est dessous ledit cabinet : LAPISIVS[1] C. F. SCAPTIA CAPITOLINVS EX TESTAMENTO FIERI MONVMEN IVSSIT ARBITRATVM HEREDVM MEORVM SIBI ET SVIS[2], de laquelle, continue-t-il, les antiquaires conjectureront *ce qu'ils pourront*, etc. »

Observons d'ailleurs que l'existence de l'orgue pneumatique ou orgue à soufflet, constatée pour une certaine époque, n'exclut nullement l'usage de l'orgue hydraulique pour la même époque, et même pour une époque postérieure : ces deux formes du même instrument ont dû coexister pendant un certain laps de temps plus ou moins étendu.

Quoi qu'il en soit, j'ai pensé qu'il ne serait pas hors de propos de traduire ici la description de l'orgue hydraulique, telle qu'elle est donnée par Héron, illustre mathématicien d'Alexandrie, qui, comme on le sait, vivait à la fin du IIIe siècle avant l'ère chrétienne. Cette traduc-

---

[1] Lisez L. APISIVS.

[2] Cette inscription est incomplète ; elle se trouve entière dans Gruter, *Corpus inscr. lat.*, 662, 5, et plus exactement dans Marini, *Iscrizioni antiche delle ville e de' palazzi Albani*, p. 63; enfin dans Orelli, *Inscr. latin. select.*, n. 4374. Nous ne la reproduisons pas ici, parce que, toute intéressante qu'elle est, elle ne peut être d'aucune utilité pour le sujet que nous traitons.

tion et quelques autres passages que je rapporterai ensuite, auront l'avantage de faire connaître l'état où se trouvait, à cette haute époque, la science de la mécanique. Peu importe d'ailleurs que l'invention soit de Héron lui-même, ou de son maître Ctésibius, ou même encore d'Archimède.

« Soit (*fig.* 9) un vase cylindrique (βωμίσκος) *abcd*, en airain, rempli d'eau, dans lequel se trouve, sous l'eau, une cloche (πνιγεύς) en forme d'hémisphère concave renversée *eghf*, ayant à sa base quelques ouvertures qui établissent une communication entre l'extérieur et l'intérieur. Du sommet de cette cloche partent deux tubes (σωλῆνες) dont un orifice s'ouvre dans sa capacité, et qui s'élèvent au-dessus d'elle; l'un, *hklm*, se recourbant en dehors au-dessus du cylindre, de manière à s'ouvrir, par son autre extrémité, dans un corps de pompe (πυξίς) *nqop* ouvert à sa partie inférieure, et recevant un piston (ἐμβολεύς) *rs* qui le ferme hermétiquement. Ce piston est poussé par une forte tige (κανών) *tu*, adaptée par une clavette (περόνη) *u* à un levier (ἕτερος κανών) *uv*, qui se meut autour du sommet d'une barre verticale (ὄρθος κανών) *xy* solidement établie. Maintenant, au corps de pompe (πυξίς) *nqop* est adapté par le haut un autre petit cylindre (πυξίδιον) *z*, s'ouvrant à sa partie inférieure dans le corps de pompe, et couvert à sa partie supérieure. Il présente toutefois un petit orifice (τρύπημα) pour laisser entrer l'air dans le corps de pompe ; mais cet orifice se ferme par l'action d'une plaquette (λεπίδιον) percée de trous (τρήματα), dans lesquels passent des clous à tête (περόνια) qui l'empêchent de s'échapper ; nous la nommerons *soupape* (πλατυσμάτιον).

« Maintenant, de la cloche *gh* part un autre tube (σωλήν) *ig* s'ouvrant dans un tube transverse *jw*, sur lequel sont implantés verticalement des tuyaux de flûte (αὐλοί) *aaa....* qui s'ouvrent également dans son intérieur, chacun ayant à la partie inférieure, une sorte de porte-vent (γλωσσόκομα) *bbb....* dans la cavité (στόμα) duquel entre droit, par un mouvement de *tiroir*, un bouchon ou couvercle (πῶμα) *fig.* (10) percé d'un trou (τρῆμα), de telle façon que quand on l'amène droit vis-à-vis de l'embouchure de la flûte, le trou et l'embouchure se correspondant exactement, la flûte se trouve ouverte, tandis qu'au contraire elle est fermée quand on ramène le tiroir à sa première position.

« Si donc le levier transverse *uw* est pressé en *v* de haut en bas, le piston *rs*, en montant, poussera l'air contenu dans le corps de pompe *nqop*. Cet air, ainsi comprimé et fermant en conséquence l'orifice du petit cylindre *z* au moyen de la soupape dont nous avons parlé, se rendra alors, en suivant le tube *hklm*, d'abord dans la cloche, puis de la cloche dans le tube transverse *jw* en suivant *gi*, et ensuite du tube transverse dans les flûtes, lorsque leurs embouchures correspondront aux ouvertures des tiroirs, c'est-à-dire lorsqu'on poussera ces tiroirs, soit tous à la fois, soit quelques-uns d'entre eux seulement.

« Maintenant, pour faire à volonté ouvrir ou fermer les flûtes, c'est-à-dire les faire parler ou se taire, voici comment nous nous y prendrons. Pour cela, considérons à part un des porte-vents cd (*fig.* 10), dont la cavité est d; soit e la flûte qui y correspond, rs le tiroir, dont l'ouverture est h, que nous supposons dans la position où la flûte e se trouve bouchée. Soit en outre un levier coudé à trois branches (ἀγκωνίσκος τρίκωλος) $gfm'm''$, dont la branche gf soit d'un bout fixée au tiroir rs, et de l'autre suive la branche fm' dans son mouvement autour d'une goupille placée au centre m'''. Si donc, en appuyant avec la main sur l'extrémité m'' du levier coudé (qui fait l'office de touche), nous poussons le système vers la cavité d du porte-vent, le tiroir avancera dans l'intérieur de cette cavité, et son ouverture viendra se mettre en correspondance avec l'embouchure de la flûte. Or maintenant, pour qu'en retirant la main nous fassions revenir le tiroir sur lui-même, de manière qu'il ne corresponde plus à l'embouchure de la flûte, voici ce qu'il faudra faire. Soit placée sous les tiroirs, une règle $m^{iv}m^{v}$ égale et parallèle au tube transverse jw de la *figure* 9, et dans laquelle on ait solidement implanté

de forts ressorts en corne (σπαθία κεράτινα) qui,
dans leur état naturel, soient recourbés. Considérons celui m^{vi} qui correspond au porte-vent cd;
et supposons, attachée à son extrémité, une corde
à boyau (νευρά), qui, par l'autre bout, soit ra-
menée au point f, de telle façon que, le tiroir
étant poussé dans l'intérieur, la corde se trouve
tendue. Alors, si nous appuyons sur la touche m^{ll},
le tiroir sera poussé vers l'intérieur du porte-
vent, et la corde, en tirant le ressort, le redres-
sera par sa force de traction. Au contraire, quand
nous cesserons d'appuyer, le ressort, libre de re-
prendre sa première courbure, retirera le tiroir,
et l'orifice se rebouchera. Ainsi, la même chose
étant établie pour tous les tiroirs, lorsque nous
voudrons faire sonner quelques-unes des flûtes,
nous appuierons avec les doigts sur les touches
correspondantes; et, quand nous voudrons les
faire taire, nous retirerons les doigts, et elles ces-
seront de parler, puisque les tiroirs seront ra-
menés à leur première position.

« Quant à la raison pour laquelle on met de
l'eau dans le cylindre, c'est afin d'avoir un excès
d'air dans la cloche, c'est-à-dire afin que l'air
venant du corps de pompe, comprimé par le
poids de l'eau qu'il soutient, soit constamment
en quantité suffisante pour être prêt à faire ré-
sonner les tuyaux. Pour cela, le piston rs, poussé
en haut comme il a été dit, presse l'air du corps
de pompe et le refoule dans la cloche ; et l'air du

dehors, en ouvrant la soupape, rentre dans le corps de pompe qui se remplit de nouveau ; de façon qu'un nouveau coup de piston le refoule encore dans la cloche. Du reste, il est bon que la tige *tu* ait en outre, dans sa partie *t*, une articulation autour d'une goupille adaptée à la base du piston [1], de manière à le pousser sans le faire dévier ; de cette façon, le piston pourra monter et descendre constamment en ligne droite. »

Telle est la traduction, aussi fidèle qu'il nous a été possible de la faire, du texte de Héron [2].

[1] Je lis διτορμίας οὔσης (au lieu de διὰ τὸ ρ̄ μιᾶς οὔσης), d'accord avec A.-L.-F. Meister dans sa dissertation *De veterum hydraulo, Nouveaux mémoires de Gottingue*, t. II, année 1771, p. 185.

[2] Je m'abstiens de traduire le texte de Vitruve *De hydraulicis organis* (liv. X, chap. VIII), qui n'ajouterait à la question aucun éclaircissement nouveau. Je me contenterai de dire que la description de l'auteur latin est beaucoup plus compliquée et paraît se rapporter à un instrument perfectionné ; car il semble bien y être question de jeux multiples, réglés par ce que nous appelons des *registres*. Et en effet, dans le texte anonyme publié par Bellermann sous le titre Ἀνωνύμου σύγγραμμα περὶ μουσικῆς, et que j'ai traduit et commenté dans le tome XVI des *Notices et extraits des manuscrits*, etc., il est dit (p. 13 de mon commentaire) que les hydraules emploient *six tropes* ou *tons*, ce qui paraîtra certainement, aux yeux de ceux qui connaissent le système de l'ancienne musique, exiger six jeux différents. J'ajouterai encore que, d'après la description de Héron, les pistons qui compriment l'air dans les corps de pompe, vont pour cela de bas en haut et poussent l'air par-dessous, tandis que le traducteur de Vitruve, Perrault, les fait mouvoir de haut

Maintenant, si l'on compare à cette description la figure que présentent les pierres dont nous essayons l'explication, il est impossible de n'être pas frappé de leur analogie avec l'orgue. En effet, sans faire de grands frais d'imagination, ne reconnaît-on pas sur-le-champ dans ces figures, un réservoir d'air sous la forme d'une espèce d'outre, un levier pourvu d'une manivelle qui paraît bien servir à y faire pénétrer l'air et à le comprimer, enfin une suite de tuyaux? on a cru en voir six; n'en est-ce point un septième que cette baguette qui leur est parallèle? Je le répète, il est difficile de résister à cette pensée, que l'on a ici sous les yeux un instrument de musique, un véritable orgue, non hydraulique, mais tout à fait pneumatique, où le souffle est alimenté à peu près comme dans les pipeaux rustiques encore en usage de nos jours chez les montagnards[1]. Je trouve une puissante confirmation de cette hypothèse à la page 69 de la dissertation déjà citée de

en bas, ce en quoi il paraît bien s'être trompé, car cette disposition est beaucoup moins avantageuse que l'autre. Enfin, les *dauphins* me paraissent être tout simplement des contre-poids: c'est le sens dans lequel le mot δελφίν est employé chez les auteurs d'art militaire ; nous avons en français un analogue, le mot *saumon* qui signifie un *lingot de plomb*.

[1] L'anonyme que j'ai cité plus haut distingue (*ibid.*, p. 8) trois sortes d'instruments à vent, la flûte, l'hydraule, et un troisième qu'il appelle πτερόν : ce mot paraît indiquer la forme d'une aile ; serait-ce le clavier de notre instrument ?

M. Bottée de Toulmon. Il y distingue, d'après les manuscrits, plusieurs espèces d'orgues portatifs dont l'un se suspendait au cou; on faisait mouvoir le soufflet d'une main et le clavier de l'autre.

Mais que signifie un pareil instrument sur des pierres qui présentent évidemment un caractère mystérieux? nul doute que ce ne soit un symbole; et que peut symboliser le souffle, *animus?* Il n'en faut pas douter : nous devons reconnaître ici un emblème de l'existence humaine. La vie, en effet, est-elle autre chose qu'un léger souffle? L'âme n'est-elle point une harmonie? Πολλοί φασι τῶν σοφῶν ἁρμονίαν εἶναι τὴν ψυχήν[1].

D'ailleurs, si l'on pouvait révoquer en doute la légitimité de cette assimilation, que l'on écoute l'admirable description que Tertullien[2] donne de l'orgue, et qu'on le suive jusqu'au point où lui-même voit l'âme distribuant son action au travers des divers organes du corps, comme le souffle se distribue en se ramifiant dans cette vaste forêt de tuyaux. « Specta portentosissimam Archimedis munificentiam : organum hydraulicum dico, tot membra, tot partes, tot compagines, tot itinera vocum, tot compendia sonorum, tot commercia modorum, tot acies tibiarum; et una moles erunt omnia.

---

[1] Aristot., *Polit.*, VIII, 5.
[2] *De Anima*, ch. XIV.

Spiritus ille qui de tormento aquæ anhelat, per partes administratur, substantia quidem solidus, opera divisus. » Alors, rappelant les doctrines de Straton, d'Énésidème, et d'Héraclite : « Ipsi, dit-il, unitatem animæ tuentur, quæ, in totum corpus diffusa, et ubique ipsa, velut flatus in calamo per cavernas, ita per sensualia variis modis emicat, non tam concisa quam dispensata. »

Je citerai encore deux épigrammes de l'Anthologie grecque, l'une de Palladas, l'autre de l'empereur Julien, où se trouvent exprimées des idées analogues. Il semble que ces deux élégants petits poëmes, le premier surtout, aient été composés tout exprès pour servir de légende à nos figures.

ΠΑΛΛΑΔᾶ[1].

Ἠέρα λεπταλέον μυκτηρόθεν ἀμπνείοντες
   Ζώομεν, ἠελίου λαμπάδα δερκόμενοι,
Πάντες ὅσοι ζῶμεν κατὰ τὸν βίον · ὄργανα δ'ἐσμέν,
   Αὔραις ζωογόνοις πνεύματα δεχνύμενοι.
Εἰ δέ τις οὖν ὀλίγην παλάμῃ σφίγξειεν ἀϋτμήν,
   Ψυχὴν συλήσας, εἰς ἀΐδην κατάγει.
Οὕτως οὐδὲν ἐόντες ἀγηνορίῃ τρεφόμεσθα,
   Πνοιῆς ἐξ ὀλίγης ἠέρα βοσκόμενοι.

« Un souffle léger que nous aspirons de nos

___
[1] *Anthol. Pal.*, I, LXXXI, 3.

poitrines, voilà toute notre vie, voilà ce qui nous
fait jouir de la lumière du soleil, tous tant que
nous sommes. Instruments que l'air fait parler,
nous sommes occupés sans cesse à recueillir une
faible vapeur qui nous doit servir d'aliment. Il
suffit avec la main de comprimer le mince filet
d'air qui entretient notre existence, pour nous
ôter la vie et nous envoyer chez Pluton. Non,
vraiment, nous ne sommes rien que des ballons
gonflés d'orgueil, soutenus dans l'air par un peu
de fumée. »

ΙΟΥΛΙΑΝΟΥ ΒΑΣΙΛΕΩΣ

Εἰς τὸ ὄργανον[1].

Ἀλλοίην ὁρόω δονάκων φύσιν· ἦπου ἀπ' ἄλλης
Χαλκείης τάχα μᾶλλον ἀνεβλάστησαν ἀρούρης,
Ἄγριοι, οὐδ' ἀνέμοισιν ὑφ' ἡμετέροις δονέονται.
Ἀλλ' ἀπὸ ταυρείης προθορὼν σπήλυγγος ἀήτης
Νέρθεν ἐϋτρήτων καλάμων ὑπὸ ῥίζαν ὁδεύει·
Καί τις ἀνὴρ ἀγέρωχος ἔχων θοὰ δάκτυλα χειρῶν,
Ἵσταται ἀμφαφάων κανόνας συμφράδμονας αὐλῶν·
Οἵ δ', ἀπαλὸν σκιρτῶντες, ἀποθλίβουσιν ἀοιδήν.

« Je vois des roseaux d'une nature étrange :
sans doute ils ont végété sur une terre lointaine
qui ne produit que l'airain; aussi sont-ils re-
belles à l'action de notre souffle. Mais le vent qui

----

[1] *Anthol. Pal.*, I, LXXXVI, 8.

sort de la peau d'un taureau, pénètre par la ra-
cine ces roseaux bien percés; un homme vi-
goureux qui se tient là, parcourt à droite et
à gauche, de ses doigts agiles, les leviers qui
correspondent à ces flûtes harmonieuses; et les
tuyaux, vibrant délicatement, font alors enten-
dre un chant mélodieux. »

Cette seconde épigramme, j'en conviens, ne
se rapporte que d'une manière assez éloignée à
la question principale, celle de la symbolisation
de l'âme humaine : aussi la cité-je uniforme-
ment pour avoir l'occasion de faire remarquer
une fois encore, que ce n'est plus de l'orgue
hydraulique qu'il est ici question, mais bien
d'un orgue alimenté par un soufflet pareil aux
nôtres.

Mais ce n'est pas tout : divers autres monuments
appartenant aux gnostiques, et que M. Matter a
mentionnés dans la savante histoire qu'il a donnée
des doctrines de ces sectes, viennent jeter une
nouvelle lumière sur la question. Nous trouvons
d'abord, pl. II, C, *fig.* 3, de son ouvrage, sur une
pierre tirée de Chifflet, pl. XII, *fig.* 49[1], un personnage à deux têtes, placé comme dans une si-
tuation oscillatoire, et attiré en deux sens oppo-
sés par deux autres personnages qui semblent se
le disputer. Je dois dire que M. Matter prend cette

______

[1] Voy. aussi Gorlée, *Dactyliotheca*, *fig.* 391.

composition pour une psychostasie dans laquelle les deux bassins de la balance seraient remplacés par deux serpents ; et il appelle notre instrument *le vase des péchés*. Il y a évidemment ici une espèce de contradiction, puisque ce vase devrait en même temps former le corps de la balance. Quant aux deux serpents, ils remplacent tout simplement les courroies dont il a été fait mention précédemment, et il est bien à craindre que l'imagination n'en ait fait les frais. Quoi qu'il en soit, n'est-il pas beaucoup plus naturel de voir dans le personnage principal, pourvu de deux têtes comme nous l'avons dit, le πνεῦμα λογικόν d'une part, ἄλογον de l'autre, tiré en sens inverse par les deux principes du bien et du mal ? Cette explication paraît d'ailleurs confirmée et complétée par ce serpent, symbole d'immortalité, qui entoure le tout, ainsi que par l'inscription ΙΑΩ qui l'accompagne.

Sur une autre pierre (ibid., *fig.* 4) empruntée à Molinet[1], qui présente le caractère d'un amulette, nous voyons le même instrument servir de support au serpent, animal essentiellement *pneumatique*, dit M. Matter (t. I, p. 270) d'après Sanchoniaton[2], et qui paraît représenter le génie *Chnoubis*. Je passe sous silence les autres personnages dont un sous forme de momie, et l'inscrip-

---

[1] *Cabinet de Sainte-Geneviève*, p. 124.
[2] Voy. aussi Horapollon, I, 1 et 2.

tion ΑΕΗΙΟ. M. Matter voit encore ici une psychostasie; je ne conteste pas cette explication qui
ne fait que venir à l'appui de mon interprétation
relative à l'instrument.

Une autre pierre du même genre (ibid., *fig.* 5),
empruntée au cabinet Durand, présente de plus
l'inscription ΟΡΩΡΙΟΥΘ qui se trouve sur la plu-
part des monuments de ce genre, et que nous
avons déjà mentionnée plus haut. Ce mot paraît
faire allusion au dieu Horus. Une des pierres de
Picard, celle de notre *figure* 2, présente en effet au
revers une figure nue de jeune homme posé debout sur le dos d'un crocodile, et tenant de chaque main un *pedum* ou un serpent en forme de
pedum, et des animaux dont l'un est un quadru-
pède et l'autre un scorpion. A la gauche de cette
figure s'élève un tableau sur lequel sont repré-
sentés, entre autres figures hiéroglyphiques, des
oiseaux, des hommes, des quadrupèdes. Décider
que cette figure est celle d'Horus, cela pourrait
paraître bien téméraire si l'on n'en avait point à
donner d'autres raisons. Mais, que l'on examine
la figure 13 d'un programme publié par l'Uni-
versité de Bonn, en 1846, pour célébrer l'anni-
versaire de la naissance de Winckelmann, et intitulé *Dreizehn Gemmen,* etc. ; on y voit Harpocrate,
le même qu'Horus suivant les antiquaires, caractérisé par tous ses attributs ordinaires, et ac-
compagné de tous ces mêmes animaux que l'auteur du programme considère comme des ani-

maux sacrés, rangés trois par trois, savoir : trois scarabées, trois ibis, trois cabris, trois uréus, trois crocodiles, trois éperviers, et cette inscription : ΙΑΩ ΑΒΡΑΣΑΞ. La comparaison des deux figures et l'analogie de leurs accompagnements et appendices ne permettent pas de douter de l'identité des personnages qu'elles représentent [1]. Maintenant, Horus, troisième personne de la Triade égyptienne, comparable sous ce rapport à l'ἅγιον πνεῦμα des chrétiens, n'est-il pas lui-même une personnification du principe immatériel? c'est ce que je laisse à décider aux hommes plus compétents que moi en cette matière [2].

Je mentionnerai encore, en terminant, les figures 6, 7, 8, 9, de la même planche II, C, de l'ouvrage de M. Matter, et quelques analogues qui se trouvent à la Bibliothèque nationale. Mais ces figures n'étant que des variantes des précédentes, ne donnent lieu à aucune nouvelle observation.

[1] Voy. aussi la *figure* 6 de la planche VII de M. Matter : les mêmes animaux s'y retrouvent, moins les trois ibis.

[2] Le revers de cette pierre présente Vénus Anadyomène, avec une inscription qui semble devoir se lire ΑΡΩΡΙΦΡΑ-CIC : ce mot paraît encore un dérivé d'Arouéris.

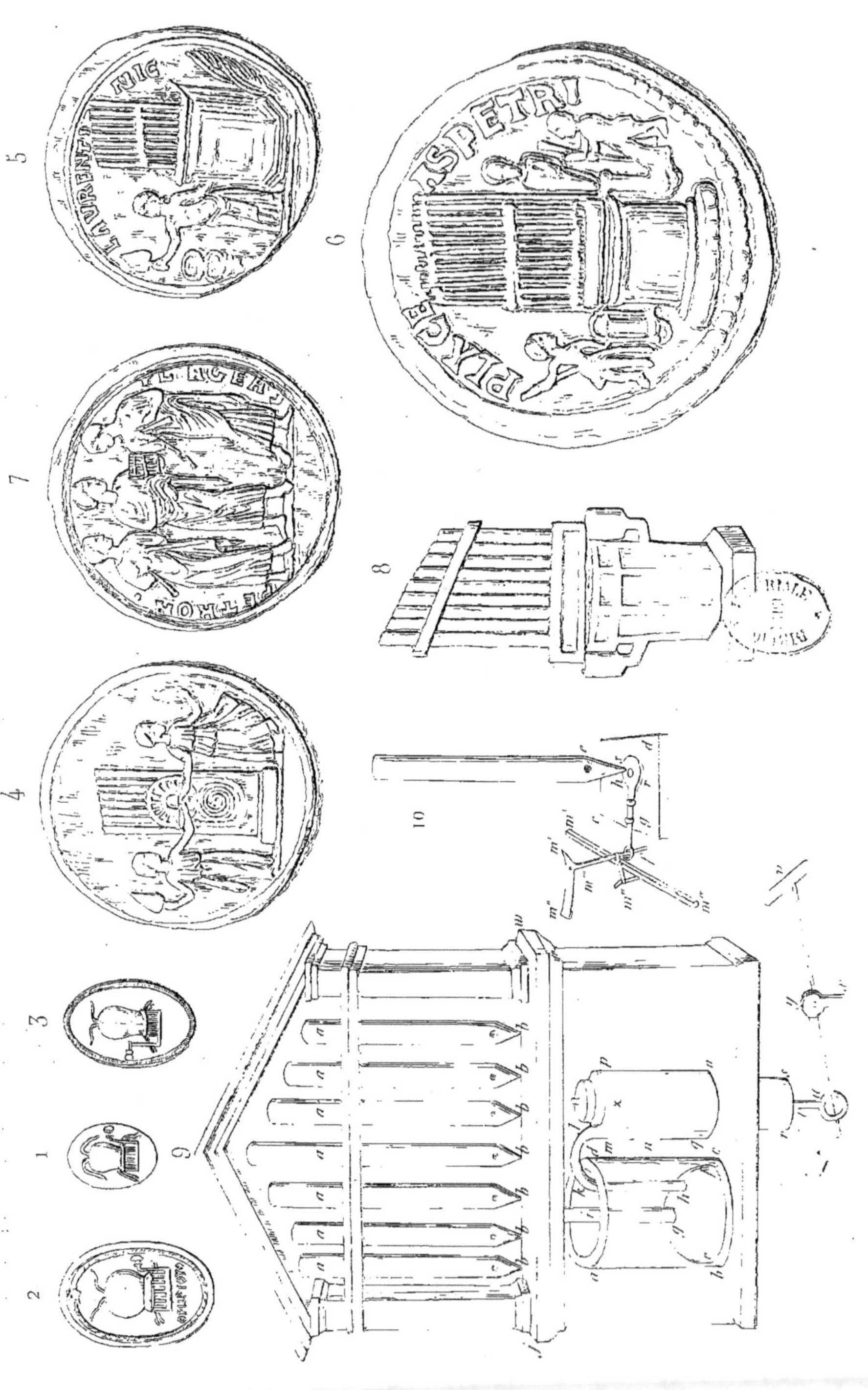